Harry Potter

필 / 름 / 볼 / 트

VOLUME 1

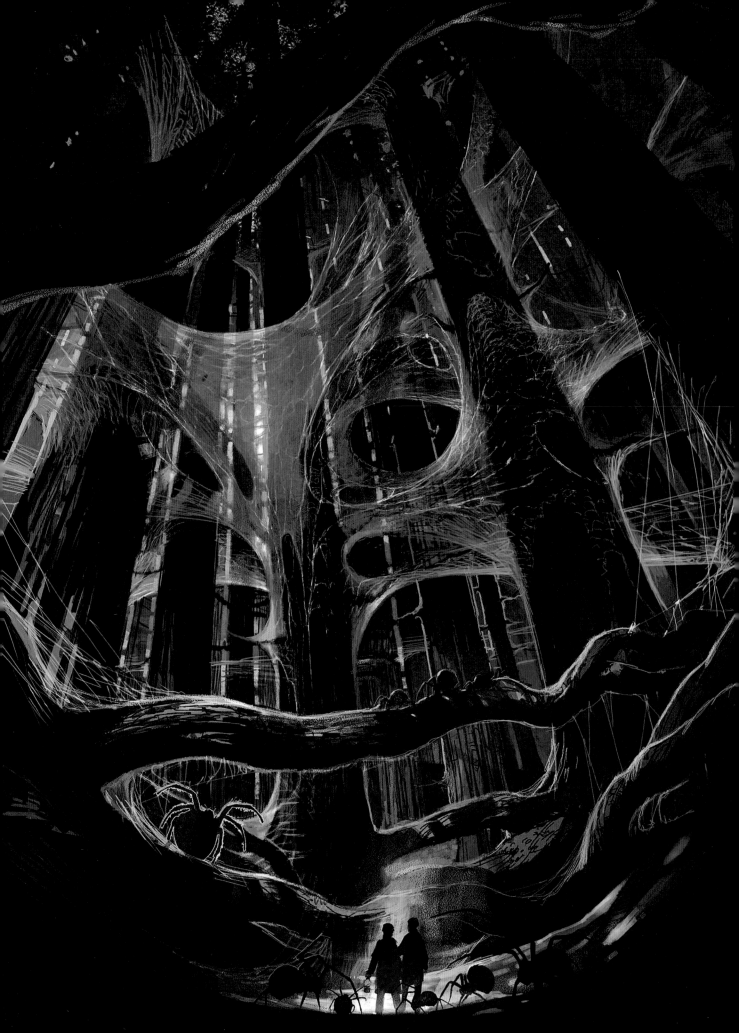

Harry Potter™

필 / 름 / 볼 / 트

VOLUME 1

숲속, 호수, 하늘 위의 마법 생명체

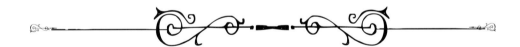

조디 리벤슨 지음 ｜ 고정아, 강동혁 옮김

문학수첩

들 어 가 며

호그와트 마법학교를 둘러싸고 있는 숲과 호수, 그리고 학교 위의 하늘에는 다양한 마법 생명체가 뛰어다니거나 기어다니고 헤엄쳐 다니며 날아다닌다. 뼈대가 드러나는 우아한 생명체 세스트럴들은 금지된 숲에서 새끼를 키우고, 그린딜로들은 검은 호수의 무성한 수초 사이를 노닌다. 거미들 중에서도 가장 거대한 아라고그가 낳은 수천 마리의 애크로맨툴라들이 나무뿌리와 부러진 나뭇가지를 종종걸음으로 넘어 다닌다. 유서 깊은 학교 간 대회를 위해 데려온 용들은 공중에서 날아 내린다.

해리 포터는 호그와트 마법학교에 다니면서 이 모든 생명체와 마주친다. 이 생명체들을 영화 속에 살려내는 일은 시각예술가, 디지털 아티스트, 마법 생명체 디자이너들이 조각가, 화가, 그래픽 담당자들의 도움을 받아 해내야 하는 일이었다. 그럼 이들은 어디에서부터 작업을 시작했을까?

콘셉트 아티스트인 애덤 브록뱅크는 말한다. "마법 생명체들을 그릴 때 가장 큰 도움이 된 건 조사였습니다. 아이디어를 내려면 조사가 꼭 필요합니다. 모든 과정의 시작이죠." 미술가들의 목표는 영화 속 모든 생명체에게 자연스러움과 신빙성을 부여하는 것이었다. 아무리 환상적인 생명체라도 말이다. 브록뱅크는 말을 잇는다. "아이디어를 다듬을 때는 특정한 동물의 근육 구조를 자세히 살펴보고 그림에 반영할 수 있습니다. 제가 알기로, [비주얼 개발 아티스트인] 롭 블리스와 더멋 파워는 각각 세스트럴과 벅빅의 뒷다리를 디자인하기 위해 말의 해부학적 구조와 근육 구조를 연구했습니다." 신빙성이 핵심이었다.

개성도 그만큼 중요했다. 롭 블리스는

어떤 마법 생명체를 상상할 때든 스스로에게 이런 질문을 던졌다. "이 생명체의 성격은 어떨까? 순할까, 사나울까? 똑똑할까, 멍청할까?" 아라고그만이 예외일 뿐 말을 할 줄 아는 마법 생명체는 매우 드물었다. 따라서 언어를 통해 성격을 전달할 수 없었으므로, 신체적인 특징이 그 생명체의 개성을 표현하는 핵심적인 방법이 되었다. 선임 특수효과 감독 팀 버크는 말한다. "생명체의 행동과 성격은 신체적 위상, 자세, 포즈 등으로 전달됩니다. 예를 들어 데이비드 예이츠 감독은 〈해리 포터와 불사조 기사단〉에 나오는 세스트럴들이 고귀한 분위기를 갖기를 바랐는데, 이런 특성은 움직임을 통해 전해져야 했습니다." 이번에도 말 등 '머글 세상의 동물들'이 움직이는 방식이 중요한 참고 자료가 되었다.

켄타우로스와 인어는 합성된 존재로, 인간의 특징과 동물의 특징을 모두 가지고 있었다. 이런 생명체들은 둘 다 상반신은 인간이고 하반신은 말 또는 물고기였는데, 영화에서는 전통적으로 이런 생명체를 묘사할 때 한 종의 몸 위에 다른 종을 얹었다. 애덤 브록뱅크는 켄타우로스를 시각화할 때

그림 1.

2.

이런 전통과 씨름했다. 브록뱅크는 떠올린다. "문제는 인간 부분과 말 부분이 만나는 지점이었습니다. 정말로 잘 해내야 하는 부분이 그 부분이었어요." 〈해리 포터〉 영화의 미술가들은 다른 디자인을 시도해 보았다. 이들은 동물 부분에 인간적인 특징을 적용하되, 근육 구조와 피부의 질감이 어떻게 하면 어울릴지에 특별히 주의를 기울였다.

특수분장효과 감독이자 마법 생명체 제작 총괄 닉 더드먼은 말한다. "그 디자인은 한 사람의 작품이 아닙니다. 콘셉트 아티스트들이 다양한 디자인을 제시하면, [프로덕션 디자이너인] 스튜어트 크레이그와 저를 비롯한 관련자 모두가 그것을 합쳐서 발전시켰습니다. 세트장에 들어올 때쯤 마법 생명체들은 수많은 사람의 디자인을 거친 다음이었죠. 모두가 기여했습니다. 이런 생명체들이 진짜처럼 보이고 진짜처럼 행동한다면, 그게 이유일 겁니다. 그 생명체에 단 한 사람의 생각을 부여한 게 아니니까요."

해리 포터의 이야기를 촬영한 10년 동안 실사 효과와 디지털 기술이 발전했으므로, 마법 생명체를 화면에 표현할 방법을 결정할 때는 이 모두를 염두에 두어야 했다. 더드먼은 말한다. "재정적인 문제와 실제적인 문제가 있습니다. 이걸 만들 수 있을까? 물리 법칙 때문에 불가능할까? 세트장에 반입할 수 있을까? 배우들과는 어떻게 상호작용하게 될까?" 이런 점을 고려하면, 용이 호그와트 성 탑 주변을 날아다니는 장면은 CG로 만들어야 하지만, 땅에 놓인 철창 속에 불을 뿜는 용이 있다면 더드먼과 그의 팀원들이 문제를 처리할 수 있었다는 사실을 이해할 수

있을 것이다. 이들은 언제나 마법 생명체들을 직접 만들고 싶어 했다.

모든 마법 생명체는 조명이나 장면에서의 배치를 고려하고 디지털 아티스트들이 스캔할 모형을 제공하기 위해 실물 크기로 만들어졌다. 한편, 제작자 데이비드 헤이먼은 "지금의 배우들은 노란색 테니스공을 상대로 연기할 능력과 엄청난 상상력을 가지고 있지만, 구체적인 대상이 있으면 더 좋다"고 말한다. 헤이먼은 말을 잇는다. "디지털 세상에서는 완성된 장면이 나오기까지 여러 달을 기다려야 합니다. 그러니 세트장에 뭔가가 있으면 좋죠. 하지만 균형을 찾는 게 중요합니다. 실물 모형과 디지털 효과가 둘 다 쓰여요." 영화에는 호박밭에 앉아 있는 히포그리프와 호그와트 탑 주변을 날아다니는 히포그리프가 둘 다 나오는데, 헤이먼은 "관객이 그 둘을 구분하지 못했으면 좋겠"다며 웃는다.

2쪽: 더멋 파워가 그린 〈해리 포터와 비밀의 방〉의 한 장면에서 해리와 론이 아라고그와 그의 후손들이 사는 공터를 바라보고 있다. **그림 1.** 금지된 숲에 사는 켄타우로스들. 〈해리 포터와 불사조 기사단〉에 나오는 장면으로 애덤 브록뱅크가 그렸다. **그림 2.** 해리, 론, 헤르미온느는 우크라이나 아이언벨리를 타고 그린고츠 마법사 은행을 빠져나와 호그와트 근처에서 내린다. 〈해리 포터와 죽음의 성물 2부〉를 위해 그린 애덤 브록뱅크의 비주얼 개발 그림.

CHAPTER I

숲속
생명체

〈해리 포터〉 영화에 등장하는 금지된 숲은 호그와트 마법학교의 외곽에 있다.

수많은 생물의 서식지인 금지된 숲은 켄타우로스, 유니콘, 세스트럴,

애크로맨툴라의 피난처이자 보호막이다.

숲 옆의 목장에서는 마법 생명체 돌보기 수업을 한다.

켄타우로스

켄타우로스는 인간과 말의 특성을 모두 가진 생명체 종이다. 해리 포터는 〈해리 포터와 마법사의 돌〉에서 벌을 받아 금지된 숲에 갔다가 켄타우로스 피렌지를 만난다. 해리가 유니콘의 피를 빨아 먹는 볼드모트와 마주쳤을 때, 피렌지는 어둠의 왕을 공격해 해리를 구한다.

그림 1.

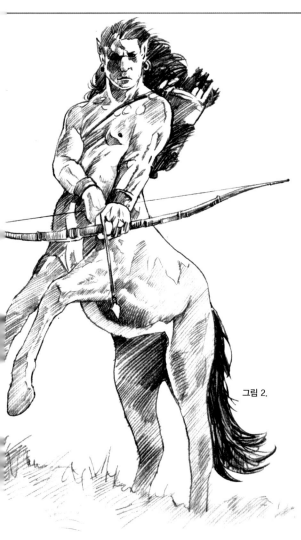

그림 2.

6쪽: 켄타우로스 베인. 애덤 브록뱅크 그림.
그림 1. 〈해리 포터와 불사조 기사단〉의 켄타우로스. 롭 블리스 콘셉트.
그림 2. 〈해리 포터와 불사조 기사단〉의 켄타우로스. 애덤 브록뱅크 콘셉트.
그림 3. 〈해리 포터와 마법사의 돌〉의 켄타우로스. 폴 캐틀링 콘셉트 아트.

그림 3.

켄타우로스는 〈해리 포터와 불사조 기사단〉에서 덜로리스 엄브리지가 벌을 받는 데에도 중요한 역할을 한다. 해리 포터와 헤르미온느 그레인저는 덤블도어 군대의 '비밀 무기'를 보여주겠다며 엄브리지를 금지된 숲으로 데리고 갔고, 그때 베인이 이끄는 켄타우로스 무리와 마주친다. 켄타우로스에게 편견이 있던 엄브리지는 이들과 말다툼을 하고, 켄타우로스들은 엄브리지를 깊은 숲속으로 끌고 간다.

특수 캐릭터 디자이너들은 (덜로리스 엄브리지와 달리) 켄타우로스를 '잡종half-breeds'으로 보지 않았다. 일찍이 고대 그리스와 로마의 예술가들은 이 신화 속 존재를 말의 몸에 사람의 상반신을 얹은 형태로 표현했다. 그러나 〈해리 포터〉의 특수 캐릭터 디자이너들은 이런 전통적인 표현을 뒤집어서, 켄타우로스를 '인간화된 말'이 아닌 '동물화된 인간'으로 보았다. 그 때문에 영화 속 켄타우로스들은 얼굴이 길고 이마가 넓으며 뺨과 코와 턱이 납작하고 미간이 넓다. 인간 피부 대신 말가죽이 하반신뿐 아니라 온몸을 덮고 있으며, 머리 위쪽에는 뾰족한 귀가 달렸다.

〈해리 포터와 마법사의 돌〉에서는 피렌지를 컴퓨터로 만들었지만 〈해리 포터와 불사조 기사단〉에서는 다른 방법을 썼다. 특수 제작소는 베인과 마고리언을 표현하기 위해 '마케트'라 불리는 실물 크기의 모형을 만든 다음, 그것을 컴퓨터로 사이버스캔해서 사용했다. 촬영할 때는 마케트들을 숲에 배치해서 조명 설치와 배우들 '시선 처리'의 기준이 되도록 했다.

"안녕, 피렌지. 자네가 우리 학생
해리 포터를 만났다는 거 알아."

루비우스 해그리드, 〈해리 포터와 마법사의 돌〉

그림 1.

그림 2.

그림 1, 3. 〈해리 포터와 마법사의 돌〉에 쓰인
켄타우로스 머리와 얼굴. 폴 캐틀링 습작.

그림 2. 〈해리 포터와 불사조 기사단〉의 켄타
우로스 머리와 얼굴. 애덤 브록뱅크 습작.

그림 4. 〈해리 포터와 불사조 기사단〉의 무기
와 장신구를 장착한 켄타우로스 마고리언. 애
덤 브록뱅크 일러스트.

그림 5. 켄타우로스 장신구. 애덤 브록뱅크
스케치.

그림 6, 7. 〈해리 포터와 불사조 기사단〉의 켄
타우로스 머리 습작. 애덤 브록뱅크는 인간
과 말의 특징을 결합하는 데 특히 주의를 기
울였다.

그림 3.

그림 4.

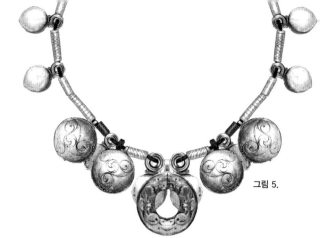

그림 5.

그림 6.

그림 7.

켄타우로스의 피부는 모형에 '플로킹' 작업을 해서 만들었다. 플로킹은 모형 전체에 접착제를 바르고 전하를 채운 다음, 여기에 반대 전하를 띤 털을 발사하는 복잡한 작업이다. 이렇게 하면 털이 꼿꼿이 선 채로 모형에 달라붙는다. 그런 다음 접착제가 마르기 전에, 그러니까 40분 안에 털을 원하는 방향으로 빗겨야 한다. 시간 안에 작업이 끝나지 않으면 처음부터 다시 시작해야 한다. 여섯 명이 한 팀이 되어 이 작업을 진행했고, 알맞은 색깔과 길이의 털이 정해진 영역에 잘 붙도록 여러 차례 리허설을 거쳤다. 그런 다음, 긴 털들을 한 올 한 올 모형에 박아 넣고 에어브러시로 정리했다. 켄타우로스 모형을 만드는 첫 작업부터 손으로 만든 무기와 장신구를 장착하는 마지막 작업까지 의상과 소품 담당자 40명 이상이 여덟 달 동안 일했다.

딜로리스 엄브리지와 베인은 숲에서 다투고, 엄브리지는 '인카서러스' 저주를 써서 밧줄로 베인의 목을 조르려고 한다. 이 장면을 위해서 특수 캐릭터 디자이너들은 말이 덫에 걸렸을 때 어떻게 반응하는지를 연구했다. 이들은 사람과 말이 올가미에 걸렸을 때 다르게 반응한다는 것을 알아냈다. 말은 몸을 숙이지만, 사람은 등을 펴고 위로 뛴다. 동물화된 인간 베인은 영화 속에서 이 두 가지 신체 반응이 혼합된 모습을 보여준다.

간략한 사실들

켄타우로스

1. **영화 속 첫 등장:** 〈해리 포터와 마법사의 돌〉

2. **재등장:** 〈해리 포터와 불사조 기사단〉

3. **등장 장소:** 금지된 숲

4. **디자인 노트:** 디자이너들은 켄타우로스의 가죽을 땀에 젖어 번들거리는 순종 경주마처럼 만들고자 했다.

5. **《해리 포터와 마법사의 돌》15장 설명:** "공터에 나타난 것은…… 인간? 아니, 말인가? 허리까지는 붉은 머리카락에 턱수염이 난 인간 남자였지만 허리 아래는 길고 불그스름한 꼬리가 달린, 윤기 나는 밤색을 띤 말의 몸이었다."

그림 2.

그림 1. (설명 위) 〈해리 포터와 불사조 기사단〉에서 순찰 중인 켄타우로스들. 애덤 브록뱅크 작품.
그림 2. 〈해리 포터와 마법사의 돌〉의 초기 켄타우로스 습작. 폴 캐틀링 작품.

그림 3, 4. 〈해리 포터와 불사조 기사단〉에 쓰인 마고리언(위)과 베인(아래)의 마케트.
그림 5. 〈해리 포터와 마법사의 돌〉에서 해리 포터(대니얼 래드클리프)가 피렌지를 만나는 장면.
그림 6. 〈해리 포터와 불사조 기사단〉에 등장한 금지된 숲의 켄타우로스. 애덤 브록뱅크의 비주얼 개발 작업은 등장인물 또는 생명체들이 속한 환경 그대로 조명을 연출하고서 연구를 진행하곤 했다.

그림 5.

그림 3.

그림 4.

그림 6.

애크로맨툴라

애크로맨툴라는 해리 포터의 세계에서 발견되는 거미의 한 종류로, 코끼리만큼 크게 자랄 수 있다. 이들이 지닌 독특한 특징 가운데 하나는 사람과 대화하는 능력이 있다는 점이다.

그림 1. (위) 〈해리 포터와 비밀의 방〉에서 해리와 론이 아라고그의 분지에 들어서는 장면. 앤드루 윌리엄슨 묘사.
그림 2. 애크로맨툴라가 가득한 섬뜩한 장면. 아티스트 더멋 파워 작품.
그림 3. 아라고그 채색 스케치. 애덤 브록뱅크 작품.
그림 4. 제작진이 〈해리 포터와 비밀의 방〉 촬영을 위해 애크로맨툴라 새끼들을 금지된 숲에 배치하고 있다.

"해그리드가 한 말 들었잖아.
거미들을 따라가."

해리 포터, 〈해리 포터와 비밀의 방〉

그림 3.

그림 2.

그림 4.

그림 1.

아라고그

아라고그는 애크로맨툴라의 우두머리다. 아라고그가 처음 호그와트에 온 것은 〈해리 포터와 비밀의 방〉의 사건들이 시작되기 50년 전으로, 당시 학생이던 루비우스 해그리드가 그를 호그와트에 들여왔다. 호그와트의 2학년이 된 해리와 론은 슬리데린의 후계자가 누구인지 밝혀내려고 하다가 해그리드가 아끼는 이 생명체와 처음으로 마주친다. 안타깝게도, 아라고그는 〈해리 포터와 혼혈 왕자〉의 사건이 벌어지는 동안 나이가 들어 죽는다.

디자이너들은 〈해리 포터와 비밀의 방〉의 대본을 읽고 다리와 다리 사이의 간격이 5.5미터에 이르는 거대 거미가 필요하다는 걸 알았다. 처음에는 당연히 이 동물을 컴퓨터로 만들어야 한다고 생각했다. 하지만 나중에는 아라고그의 무수한 자손들은 디지털로 만들더라도 아라고그만은 그럴 수 없다고 결정했다. 애크로맨툴라를 실제로 만드는 것이 비용 면에서도 CGI보다 경제적인 데다, 실물 크기의 아라고그는 걷고 말하게 만들 수도 있었기 때문이다.

아라고그는 기름으로 케이블을 움직이는 유압식 시스템 대신 물로 케이블을 움직이는 '아쿠아트로닉스' 시스템으로 만들었다. 아쿠아트로닉스는 더 매끄럽고 부드러운 움직임을 만들어 낸다. 코끼리와 맞먹는 크기의 아라고그는 코끼리처럼 느긋하고 우아하게 움직여야 했다. 느린 움직임은 거미들의 조용하고 섬뜩한 움직임을 그대로 모방했다. 거미의 뒷다리는 인형 조종사들이 손으로 섬세하게 조작하고 앞다리는 기계 장치로 움직였는데, 이 기계 다리는 컨트롤러의 지시대로 움직이는 '왈도'라는 모션컨트롤 장치로 작동되었다. 그런 다음, 아라고그의 한쪽 끝에 평형추를 달고 시소 비슷한 장치에 설치했다. 사운드스튜디오 안의 경사로에서 아라고그를 기울이면 이 생명체는 문자 그대로 앞으로 걸어갔다.

아라고그의 머리에는 음성 작동 시스템을 설치했다. 그리고 입 모양을 배우 줄리언 글로버의 녹음된 음성에 맞추어 움직이게 했다. 덕분에 대니얼 래드클리프(해리 포터)와 루퍼트 그린트(론 위즐리)는 아라고그와 실시간으로 연기할 수 있었다.

〈해리 포터와 혼혈 왕자〉를 촬영할 때는 나이 든 모습을 표현하기 위해 아라고그를 완전히 새로 작업했다. 실제로 죽은 거미처럼 투명한 빛을 내기 위해 아라고그의 몸체는 빛이 통과하는 우레탄으로 만들었다. 아라고그의 '털'은 〈해리 포터와 비밀의 방〉과 〈해리 포터와 혼혈 왕자〉 모두 똑같은 재료를 썼다. 가는 털은 빗자루의 솔로, 크고 북슬북슬한 털은 솜털 덮인 깃털과 루렉스 실로 만들었다. 털은 한 올 한 올 붙여 넣었다.

〈해리 포터와 혼혈 왕자〉에는 아라고그가 언덕 위의 무덤 속으로 들어가는 장면이 나온다. 죽어서 뒤집어진 거대한 거미의 무게감을 제대로 표현하기 위해 디자이너들은 아라고그를 본래보다 훨씬 더 무겁게 만들어야 했다. 많은 이들에게 사랑받은 캐릭터였던 만큼, 디자인 팀은 이 거미의 마지막 장면을 촬영할 때 검은 리본을 달았다.

그림 1. 〈해리 포터와 비밀의 방〉의 아라고그 비주얼 개발 작업. 작가 미상.
그림 2. (설명 위) 〈해리 포터와 비밀의 방〉 촬영장에서 애니메트로닉 아라고그가 신호를 기다리고 있다.

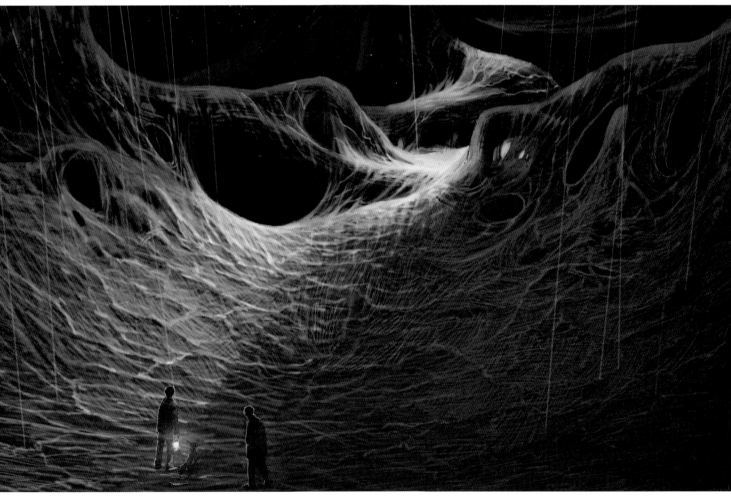

그림 3. 〈해리 포터와 비밀의 방〉에서 애크로맨툴라가 날아다니는 포드 앵글리아의 운전석 옆 창문으로 론 위즐리(루퍼트 그린트)를 붙잡은 장면.
그림 4. 해리, 론, 팽은 두꺼운 거미줄로 뒤덮인 아라고그의 집을 발견한다. 더멋 파워 작품.

2.

간략한 사실들

아라고그

✳

1. **영화 속 첫 등장:** 〈해리 포터와 비밀의 방〉

2. **재등장:** 〈해리 포터와 혼혈 왕자〉

3. **등장 장소:** 금지된 숲

4. **기술 노트:** 〈해리 포터와 혼혈 왕자〉의 마지막 장면에 등장한 아라고그는 무게가 750킬로그램에 달했다.

5. **《해리 포터와 비밀의 방》 15장 설명:** "그러자 부연 반구형 거미줄 한가운데에서 작은 코끼리만 한 거미가 아주 천천히 모습을 드러냈다. 검은색 몸통과 다리에는 회색빛이 돌았고, 집게발이 달린 흉측한 머리에 붙어 있는 눈들은 하나같이 우유처럼 하얬다."

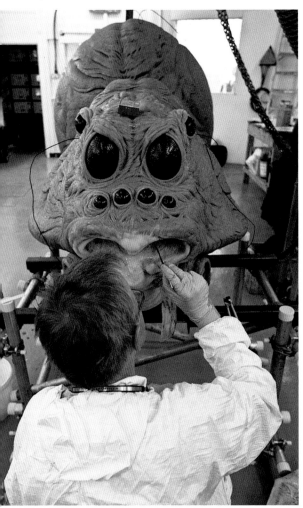

그림 4.

그림 3.

그림 5.

그림 1. (18쪽) 〈해리 포터와 비밀의 방〉에서 해리 포터는 아라고그와 마주한다. 더멋 파워 아트워크.

그림 2~5. 디자이너들은 특수 제작소에서 애니메트로닉을 만들고, 색을 칠하고, 에어브러시 작업을 하고, '털'을 심었다.

히포그리프

히포그리프는 머리가 독수리인 말로, 하늘을 날 수도 땅을 달릴 수도 있다. 루비우스 해그리드는 〈해리 포터와 아즈카반의 죄수〉에서 3학년의 마법 생명체 돌보기 수업을 담당한다. 그는 히포그리프를 만나면 제대로 예의를 갖춰야 한다고 가르쳤다. 언제나 먼저 고개를 숙여 인사하고, 이 생명체가 다가올 때까지 기다려야 한다.

그림 1.

그림 2.

그림 3.

그림 1, 2. 해리 포터(대니얼 래드클리프)는 히포그리프인 벅빅을 만나서 그의 등에 올라탄다. 〈해리 포터와 아즈카반의 죄수〉의 장면들.
그림 3~5. 더멋 파워의 벅빅 비주얼 개발 작업. 히포그리프의 등에 탄 해리, 헤르미온느, 시리우스의 위치를 연구했다(그림 4, 5).

그림 4.

그림 5.

그림 1.

그림 2.

그림 3.

그림 4.

그림 5.

"히포그리프에 대해서 제일 먼저 알아야 할 사실은 이 녀석들이 무척 자존심이 강한 생물이라는 거야. 아주 쉽게 기분이 상한다는 얘기지. 히포그리프를 모욕하는 일 따위는 하지 않는 게 좋을 거다. 그게 아마 살아서 하는 마지막 행동이 될 테니까.
자 그럼, 앞으로 나와서 인사해 볼 사람?"

루비우스 해그리드,
〈해리 포터와 아즈카반의 죄수〉

그림 6.

그림 7.

그림 8.

그림 9.

그림 10.

그림 1~5, 7, 11. 〈해리 포터와 아즈카반의 죄수〉에 쓰인 벅빅 습작. 더멋 파워 작품.
그림 6. 〈해리 포터와 아즈카반의 죄수〉에서 벅빅이 해그리드의 목장에 처음 등장하는 모습. 디지털 작업.
그림 8~10. 다양한 크기의 벅빅 마케트들.

그림 11.

벅빅

벅빅은 〈해리 포터와 아즈카반의 죄수〉의 마법 생명체 돌보기 수업에서 해그리드가 소개해 준 히포그리프다. 벅빅은 해리에게 인사를 하고 심지어 그를 태우기까지 했다. 벅빅은 〈해리 포터와 아즈카반의 죄수〉에서 두 차례에 걸쳐 주인공들을 구출한다. 첫 번째는 해리와 헤르미온느가 늑대인간으로 변한 리머스 루핀에게 쫓길 때고, 두 번째는 해리와 헤르미온느가 시리우스 블랙을 구할 때다. 이때 벅빅은 시리우스를 태우고 호그와트 성 밖으로 날아간다.

벅빅의 디자이너들은 〈해리 포터와 아즈카반의 죄수〉에 등장하는 히포그리프를 만들 때 신화 속 히포그리프의 모습을 참고했고, 옆모습을 표현할 때는 실제 새들, 특히 검독수리를 많이 참고했다. 이들은 벅빅의 움직임을 개발하기 위해 새의 비행 동작과 말의 걸음걸이를 연구했고, 벅빅의 날개와 다리의 비율이 적절하도록 수의사와 생리학자 들에게도 자문을 구했다.

초기의 개발 스케치들은 달리기, 날기, 그리고 가장 중요한 착륙과 같은 이 생명체의 모든 동작을 시험하기 위해 컴퓨터에 입력된 모형으로 변환되었다. CGI 모형은 위엄과 장난기를 번갈아 보이는 벅빅의 성격을 탐구하는 데도 사용되었다. 시각효과 팀은 펼친 폭이 8.5미터나 되는 벅빅의 날개가 접히는 모습을 아주 매끄럽게 만들어 냈다.

제작 팀은 다양한 용도에 활용하기 위해 히포그리프의 모형 4개를 만들었다. 이 가운데 3개는 실물 크기였다. 벅빅이 전면에 나서는 장면에는 컴퓨터로 조종하는 지지대를 썼고, 지지대가 필요 없는 모형은 배경 장면에 썼으며, 세 번째는 유죄판결을 받은 벅빅이 해그리드의 오두막 뒤의 호박밭에 앉아 있는 장면에 썼다. 앉아 있는 벅빅은 본래의 환경인 스코틀랜드 언덕의 진흙과 바위 지대에 데려다 놓고 아쿠아트로닉스로 조종했다. 이 3개의 히포그리프는 모양이 완전히 똑같아야 했기 때문에 시간과 품이 많이 드는 제작 기법을 사용했다. 새 모양인 절반은 색깔과 크기가 똑같은 깃털을 사용했고, 하나하나 따로 자르고 색을 입힌 다음 접착하거나 끼워 넣었다. 말 모양인 절반은 켄타우로스를 만들 때처럼 복잡한 플로킹 기법으로 털을 붙이고 추가적인 털은 한 올씩 따로 꽂아 넣었다. 그런 다음 에어브러시로 색을 칠하고 마무리 작업을 했다. 네 번째 벅빅은 디지털로 만들어서 이 동물이 걷거나 날 때 사용했다.

그림

그림 3.

그림 1. 해리, 론, 헤르미온느는 벅빅을 구하기 위해 해그리드의 오두막으로 간다. 앤드루 윌리엄슨 아트워크.
그림 2. 벅빅에 올라탄 해리. 더멋 파워 아트워크.
그림 3. 여러 히포그리프들 사이의 해리. 더멋 파워 작품.
그림 4. 해그리드가 해리에게 벅빅을 소개하는 모습. 더멋 파워 묘사.

그림 4.

그림 1, 3. 〈해리 포터와 아즈카반의 죄수〉에서 시리우스 블랙, 해
리, 헤르미온느를 등에 태운 벅빅. 더멋 파워 습작.
그림 2. 〈해리 포터와 아즈카반의 죄수〉에서 해리를 태우고 날아
가는 벅빅. 더멋 파워 습작.

그림 1.

그림 2.

벅빅

✦

1. **영화 속 등장:** 〈해리 포터와 아즈카반의 죄수〉

2. **등장 장소:** 호그와트 목장

3. **기술 노트:** 디지털 애니메이터들은 벅빅이 학생들 앞으로 다가오다가 '볼일'을 보게 했다. 알폰소 쿠아론 감독이 이 생명체에 사실성을 더하고자 했기 때문이다.

4. **《해리 포터와 아즈카반의 죄수》 6장 설명:** "반은 말이고 반은 새인 존재를 처음 봤을 때의 충격에서 벗어나면, 깃털에서 모피로 매끄럽게 바뀌어 가는 히포그리프의 반짝이는 외피에 감탄하게 된다."

"아름답지 않니? 벅빅에게 인사하렴."

루비우스 해그리드, 〈해리 포터와 아즈카반의 죄수〉

그림 3.

세스트럴

〈해리 포터〉 영화 1편에서 4편까지는 호그스미드역과 호그와트를 오가는 마차가 저절로 움직이는 것처럼 보이지만, 사실은 세스트럴들이 끄는 것이다. 세스트럴은 〈해리 포터와 불사조 기사단〉에 이르러서야 그 모습을 드러냈다. 해리는 〈해리 포터와 불의 잔〉의 사건들을 겪은 후에야 이 검고 앙상하며 얼굴이 용처럼 생긴 생명체를 볼 수 있었다. 세스트럴은 죽는 모습을 보았던 사람만이 볼 수 있기 때문이다.

세스트럴은 〈해리 포터와 불사조 기사단〉에서 해리를 비롯한 덤블도어의 군대를 마법 정부로 실어다 주는 역할을 한다. 또 〈해리 포터와 죽음의 성물 1부〉에서는 빌 위즐리와 그의 신부 플뢰르 들라쿠르를 태워주면서 해리 포터를 프리빗가에서 구해내는 계획의 일부로 쓰인다.

세스트럴은 해리 포터의 세계에 사는 독특한 생명체로 섬세한 걸음걸이, 고래의 노래처럼 조용한 울음소리, 반투명한 박쥐 같은 날개로 신비하고 섬뜩한 느낌을 준다. 세스트럴은 컴퓨터 작업으로 완성되었지만, 특수 제작소는 펼친 날개폭이 9미터에 이르는 이 동물의 실물 크기 모형을 만들어서, 〈해리 포터와 불사조 기사단〉의 금지된 숲에 배치했다. 디지털 작업 팀은 이 모형을 사이버스캔해서 사용했다. 세스트럴은 굉장히 말랐기 때문에, 컴퓨터 애니메이터들은 골격을 섬세하게 만들었고, 얇은 피부가 뼈 사이로 '빨려 들어가지' 않도록 특히 주의를 기울였다. 이 생명체의 검은 몸은 디자이너들에게 어려운 과제였다. 어둡고 우중충한 검정은 영화 스크린에 적합하지 않기 때문이다. 디자이너들은 모형을 원작의 설명보다 연하게 칠하고, 얼룩덜룩한 무늬를 넣어 세스트럴이 숲 세트장의 그림자 속에서 우중충한 빛을 내도록 했다.

때로는 세스트럴의 말과 같은 특징이 대본의 요구와 상충되기도 했다. 특히 루나가 숲에서 세스트럴 새끼에게 먹이를 줄 때가 그랬다. 세스트럴은 다리가 길고 목이 짧아서 머리가 땅바닥까지 내려가지 않기 때문이다. 디지털 작업 팀은 세스트럴이 기린처럼 다리를 벌리고 먹이를 먹게 하여 이 문제를 해결했다.

그림 1.

그림 1. 〈해리 포터와 죽음의 성물 1부〉에서 여러 명의 해리 포터가 프리빗가에서 탈출하는 장면 묘사. 앤드루 윌리엄슨 아트워크.
그림 2. 〈해리 포터와 불사조 기사단〉에서 세스트럴들이 덤블도어의 군대 멤버들을 태우고 날아가는 모습. 롭 블리스 콘셉트 아트.
그림 3, 4. 세스트럴의 머리 위에 생기는 다양한 그림자와 검은 색조 연구. 롭 블리스 습작.

그림 3.

세스트럴이 하늘을 날 때도 몇 가지 수정이 필요했다. 이 생명체들은 〈해리 포터와 불사조 기사단〉에서는 학생 한 명씩만 태웠지만, 〈해리 포터와 죽음의 성물 1부〉에서는 두 명을 태워야 했기 때문에 허리가 길어졌다. 하늘을 나는 장면은 공중촬영 화면과 배우들이 블루스크린 앞에서 실물 크기의 세스트럴 몸통부에 타고 있는 촬영 장면을 합성한 것이다. 제작진은 이 몸통부의 등 관절을 움직이도록 만들었고, 배우들은 이 움직임에 반응하며 연기할 수 있었다. 제작진은 사전에 프로그래밍된 모션컨트롤 수평 유지 장치에 세스트럴 모형을 얹은 다음, 미리 찍은 장면들에 맞추어 작동시키는 방식으로 세스트럴이 날아가는 장면을 만들었다.

그림 4.

간략한 사실들

세스트럴

1. **영화 속 첫 등장:** 〈해리 포터와 불사조 기사단〉

2. **재등장:** 〈해리 포터와 죽음의 성물 1부〉

3. **등장 장소:** 호그스미드역, 금지된 숲

4. **디자인 노트:** 디자이너들은 세스트럴이 말처럼 꼬리를 휘둘러 몸에서 파리를 쫓도록 했다.

5. **《해리 포터와 불사조 기사단》 10장 설명:** "어깻죽지에는 거대 박쥐한테나 어울릴 법한 커다란 검은색 가죽 날개가 달려 있었다. 어둠 속에 가만히, 조용하게 서 있는 그 생명체들은 으스스하고 불길하게 보였다."

그림 2.

그림 1. (30쪽) 〈해리 포터와 불사조 기사단〉에서 해리 포터가 세스트럴의 등에 약간 어색하게 앉아 있다. 롭 블리스 아트워크. **그림 2.** 세스트럴의 머리. 롭 블리스 습작.
그림 3. (설명 위) 특수 제작소에 나란히 자리한 벅빅, 세스트럴, 그리고 디멘터 마케트들.

CHAPTER II

호수 속
생명체

〈해리 포터〉 영화에서 호그와트 성은 거대한 검은 호수 옆 절벽 위에 위치한다.
검은 호수는 〈해리 포터와 불의 잔〉에서 트라이위저드 대회의 두 번째 과제
장소로 등장한다. 검은 호수에 사는 생명체 중에는 인간과 물고기가 합해진
인어족도 있는데, 이들의 말은 물속에서만 알아들을 수 있다. 트라이위저드 대회에
참가한 대표 선수들은 호수에 사는 못된 장난꾸러기 그린딜로도 만난다.

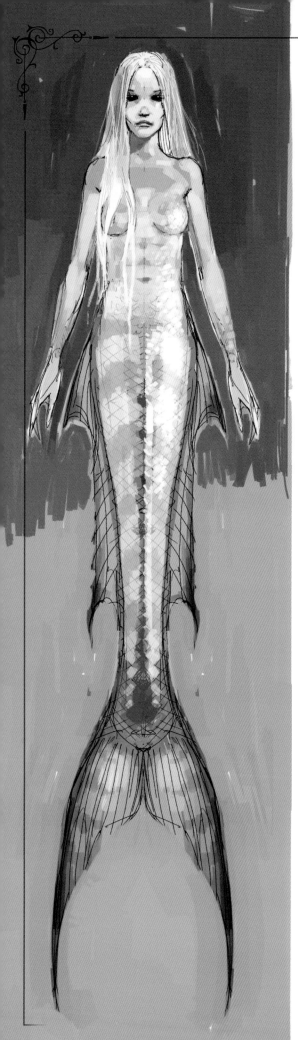

인어

창을 휘두르는 검은 호수의 인어들은 물풀과 산호 들 틈에서 대표 선수들이 ▯라이위저드 대회의 두 번째 과제의 규칙을 잘 지키는지를 감시한다.

옛날이야기나 그림에 나오는 인어는 인간과 물고기 사이의 경계 부분이 뚜렷하다. 하지만 〈해▯포터와 불의 잔〉에 등장하는 인어를 만들 때 디자이너들은 물고기의 특성이 인어의 몸 전체에 ▯러나게 했다. 이 인어는 사람과 물고기, 그중에서도 철갑상어를 매끄럽게 결합해서 크고 물고▯같은 눈, 튀어나온 입을 가진 형태가 되었다. 획기적으로 달라진 또 하나의 특징은 인어의 꼬▯가 위아래가 아니라 양옆으로 움직이도록 한 것이다. 비늘 덮인 피부에는 철갑상어의 단단▯비늘을 흉내 낸 방패 모양 비늘까지 몇 줄로 돋아 있다. 또한 디자이너들은 어둡고 우중충한 ▯채를 사용해서 인어의 위협적인 성격을 강조했다. 디자인이 확정되자 제작 팀은 인어를 조각▯고 주조한 뒤 사이버스캔해서 컴퓨터로 생명체를 만들어 냈다.

32쪽: 〈해리 포터와 불의 잔〉에서 다리가 2개인 그린딜로가 물풀 숲에서 맛있는 먹이를 먹으려 한다. 폴 캐틀링 콘셉트 아트▯워크.
그림 1. 〈해리 포터와 불의 잔〉에 등장한 인어의 초기 콘셉트 드로잉. 더멋 파워 작품.
그림 2. 머리카락이 문어 같은 인어 묘사. 애덤 브록뱅크 아트워크.

그림

그림 1.

그림 3. 인어의 창과 삼지창. 애덤 브록뱅크 작품. **그림 4.** (설명 위) 인어의 후기 개발 콘셉트. 애덤 브록뱅크 작품.

그림 3.

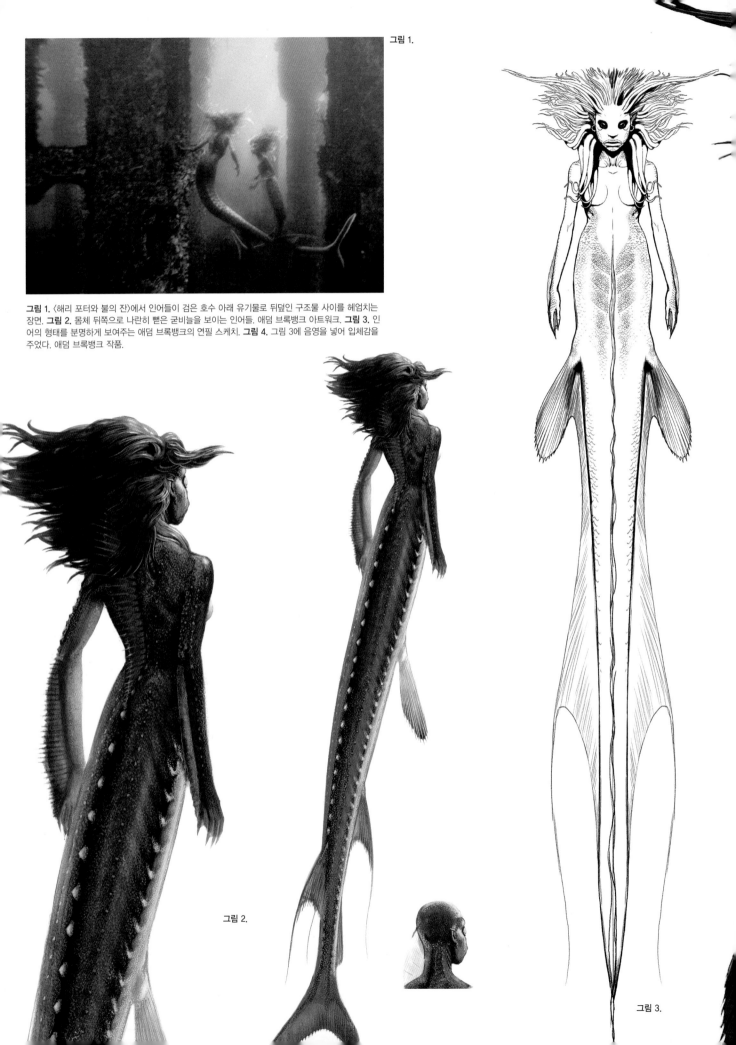

그림 1.

그림 1. 〈해리 포터와 불의 잔〉에서 인어들이 검은 호수 아래 유기물로 뒤덮인 구조물 사이를 헤엄치는 장면. 그림 2. 몸체 뒤쪽으로 나란히 뻗은 굳비늘을 보이는 인어들. 애덤 브록뱅크 아트워크. 그림 3. 인어의 형태를 분명하게 보여주는 애덤 브록뱅크의 연필 스케치. 그림 4. 그림 3에 음영을 넣어 입체감을 주었다. 애덤 브록뱅크 작품.

그림 2.

그림 3.

간략한 사실들

인어

✳

1. **영화 속 등장:** 〈해리 포터와 불의 잔〉

2. **등장 장소:** 검은 호수

3. **디자인 노트:** 인어의 머리카락이 반투명한 말미잘 촉수처럼 물속을 떠다니게 했다.

4. **《해리 포터와 불의 잔》 26장 설명:**

"인어들은 회색 피부에, 길고 거친 진녹색 머리카락을 가지고 있었다. 눈도, 부러진 이빨도 노란색이었고, 목에는 조약돌을 꿰어서 만든 굵직한 목걸이가 걸려 있었다."

그림 5.

그림 5. 트라이위저드 대회의 두 번째 과제에서 해리를 혼내는 인어.
그림 6. (아래) 위와 똑같은 표정을 한 인어 마케트.

그림 4.

그림 1.

그림 2.

"우리의 목소리가 들리는 곳으로 우리를
찾아오세요. 우리는 땅 위에서는 노래를
부를 수가 없어요. 한 시간 동안 당신은
찾아야만 해요. 그리고 우리가 가져간 것을
되찾아야만 해요."

인어,
트라이위저드 대회 두 번째 과제에 대한 힌트,
〈해리 포터와 불의 잔〉

그림 3.

그림 1~3. 〈해리 포터와 불의 잔〉에 등장한 인어의 머리. 애덤 브록뱅크 습작.

그림 4. (설명 위) 트라이위저드 대회 두 번째 과제에서 해리를 돕는 인어 묘사. 애덤 브록뱅크 작품으로 〈해리 포터와 불의 잔〉에는 이 장면이 나오지 않았다.

그린딜로

그린딜로는 검은 호수에 사는 작고 못된 생명체로 문어 같은 팔과 뭉툭하고 촉수가 달린 머리를 지녔다. 해리 포터는 〈해리 포터와 불의 잔〉에서 트라이위저드 대회 두 번째 과제를 수행하던 중에 이들의 손아귀를 간신히 빠져나온다.

그림 1.

영화 〈해리 포터와 불의 잔〉에서 그린딜로를 표현해야 했을 때, 비주얼 개발 작업 팀은 이 물속 생명체가 어떤 모습일지를 두고 여러 가지 아이디어를 냈다. 그린딜로는 작은 머리에 두 다리, 물갈퀴가 달린 두 발과 8개의 손, 크고 번들거리는 눈과 크고 뾰족한 귀를 가진 생명체로 디자인되었다. 디자이너들이 낸 아이디어 중 어떤 것은 심해의 가장 어두운 곳에 사는 물고기처럼 빛을 냈고, 어떤 것은 개구리를, 어떤 것은 물범을 닮았으며, 또 어떤 것은 인어와 비슷한 꼬리가 달렸다. 이런 여러 가지 아이디어를 혼합해서, 그린딜로의 역할에 적합한 디자인을 만들었다. 특수 제작소는 기분 나쁘게 웃는 커다란 입에 뾰족한 이빨을 가득 채워서 '악동과 문어'를 혼합한 디자인을 완성해 냈다. 〈해리 포터〉 영화의 다른 여러 생명체들처럼 그린딜로도 실리콘으로 실물 크기의 마케트를 만들어서 채색하고, CGI 아티스트들이 애니메이션 작업을 하도록 사이버스캔용 유리섬유 모델도 만들었다. 여기에 더해, 시각효과 팀은 많은 수의 그린딜로를 간단한 조작만으로 움직이게 하는 소프트웨어를 개발했다.

그림 2.

그림 3.

그림 1. 〈해리 포터와 불의 잔〉에서 물풀 숲에 빼곡히 들어찬 그린딜로 무리의 초기 콘셉트 아트. 폴 캐틀링 작품.
그림 2. 그린딜로들이 해리를 공격하는 영화 속 장면.
그림 3. 그린딜로 마케트.
그림 4. (위) 빨판 촉수가 달린 그린딜로 디지털 마케트. 폴 캐틀링 작품.

그림 1.

그림 3.

그림 2.

그림 1~3. 〈해리 포터와 불의 잔〉에 등장한 그린딜로의 신체 구조. 폴 캐틀링 습작.
그림 4~7. 그린딜로의 색깔, 팔, 다리, 이빨을 다양하게 탐구한 폴 캐틀링 비주얼 개발 아트워크.

그림 4.

그림 5.

그림 6.

그림 7.

CHAPTER III

하늘 위
생명체

〈해리 포터〉 영화 속 호그와트 성 위의 푸른 하늘에는 부엉이와 까마귀를 비롯해서
히포그리프와 세스트럴까지 수많은 생명체가 날아다닌다. 하지만 그 외에도 날개 달린
크고 작은 생명체들이 호그와트에 등장하곤 한다. 콘월 픽시들은 어둠의 마법 방어법
수업 시간에 본보기로 등장했다가 풀려나는 바람에 말썽을 피웠고, 용들은 트라이위저드
대회의 첫 번째 과제 때 경기장 위로 날아올라 네 명의 대표 선수와 격돌했다.

용

불을 내뿜는 용은 〈해리 포터〉 영화에 등장하는 하늘을 나는 생명체 가운데 가장 스릴 넘치는 동물로 손꼽힌다. 제작진은 이 강력한 파충류를 표현할 때 여러 가능성을 열어두고 전통적인 기술과 신기술을 모두 사용했다. 덕분에 용을 키우고 싶어 하던 해그리드의 꿈이 짧게나마 실현되었고, 네 마리의 강력한 용은 트라이위저드 대회의 첫 번째 과제에서 활약했다. 또 그린고츠 은행에서는 가장 깊숙한 곳의 금고를 지키는 생명체로 나이는 들었지만 힘이 센 용을 고용했다.

그림 1.

"용은 정말 인정받지 못한 생명체야."

루비우스 해그리드,
〈해리 포터와 불의 잔〉

44쪽: 〈해리 포터와 불의 잔〉에 등장한 불을 뿜는 용 헝가리 혼테일. 폴 캐틀링 작품.
그림 1, 2. 〈해리 포터와 불의 잔〉에 등장한 정체불명의 용들. 폴 캐틀링 비주얼 개발 작업.

그림 2.

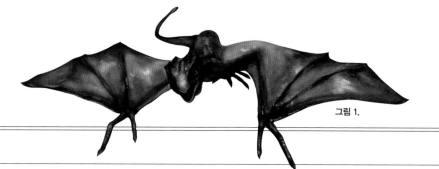

그림 1.

노르웨이 리지백

〈해리 포터와 마법사의 돌〉에서 해그리드는 용의 알을 얻어온다. 그리고 이 알에서 다리는 앙상하고 비늘은 회색이 섞인 초록색으로 반짝이는, 침을 질질 흘리는 노르웨이 리지백 새끼 용이 태어난다. 보통은 용을 아주 크게 만들지만, 노버트는 갓 부화한 새끼였기 때문에 더 작게 만들려고 공을 들여야 했다. 제작진은 새끼 때는 '리지백(등의 돌기)'이 별로 두드러지지 않을 거라고 판단했고, 영화에서는 다 자란 용과 비교해도 이 새끼 용의 머리와 다리가 몸에 비해 커 보이도록 표현했다. 영화 〈해리 포터와 마법사의 돌〉에서 노버트는 완벽한 디지털 작업물이었다. 새끼 용은 딸꾹질을 하다가 처음으로 불을 뿜고 이 때문에 해그리드의 턱수염이 그슬리는데, 이 불 역시 디지털로 만들었다.

그림 2.

"아름답지 않니? 착하기도 해라. 봐,
이 녀석이 엄마를 안다니까! 안녕, 노버트."

루비우스 해그리드,
〈해리 포터와 마법사의 돌〉

그림 3.

간략한 사실들

노르웨이 리지백

1. 영화 속 등장: 〈해리 포터와 마법사의 돌〉

2. 등장 장소: 해그리드의 오두막

3. 《해리 포터와 마법사의 돌》 14장 설명: "딱히 귀엽다고는 할 수 없었다.
해리가 보기에는 꼭 구겨진 검은색 우산 같았다. 가시 돋친 날개는
깡마른 석탄 같은 몸에 비해 너무 컸고 긴 주둥이에는 넓은 콧구멍이
뚫려 있었으며, 뭉툭한 뿔에, 툭 튀어나온 눈은 오렌지색이었다."

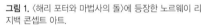

그림 1. 〈해리 포터와 마법사의 돌〉에 등장한 노르웨이 리
지백 콘셉트 아트.
그림 2, 3. 새끼 용 노르웨이 리지백 노버트의 어색하고 볼
품없는 모습. 폴 캐틀링 묘사.
그림 4. 〈해리 포터와 마법사의 돌〉에서 해리(대니얼 래드
클리프)와 론(루퍼트 그린트)이 노버트의 부화를 지켜보
는 장면.

"이건 그냥 용이 아니야.
노르웨이 리지백이라고!"

론 위즐리,
〈해리 포터와 마법사의 돌〉

그림 4.

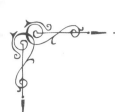

헝가리 혼테일

〈해리 포터와 불의 잔〉의 트라이위저드 대회에서 대표 선수들에게 주어진 첫 번째 과제는 서로 다른 네 마리 용이 낳은 황금 알을 하나씩 가져오는 것이다. 콘셉트 아티스트들은 다양한 용들을 스크린에 표현하기 위해 수많은 색깔, 질감, 옆모습, 날개와 꼬리 형태를 탐구했다. 해리는 마법 정부 간부 바티미어스 크라우치가 들고 있던 벨벳 주머니에서 대표 선수 중 가장 마지막으로 상대해야 할 용의 모형을 꺼내 든다. 해리가 상대할 용은 다름 아닌 헝가리 혼테일이다. 혼테일의 용 모형은 〈해리 포터와 혼혈 왕자〉에 다시 등장하는데, 다이애건 앨리의 위즐리 형제의 위대하고 위험한 장난감 가게 앞 수레에서 밤을 굽는 데 사용된다.

〈해리 포터와 불의 잔〉의 특수 제작 팀은 신화와 매체 속 용의 이미지를 잘 알았기 때문에, 트라이위저드 대회에 등장하는 용을 만들 때 '무엇을 할 것인가'가 아니라 '무엇을 하지 않을까'에 더 신경 썼다고 밝혔다. 이전까지 알았던 용과 다른 용을 창조하기 위해서였다. 비주얼 개발 작업 팀은 다양한 용을 제시했다. 그중에는 커다란 이빨이 줄줄이 박히거나, 이빨이 전혀 없거나, 이빨이 바다코끼리 같은 용도 있었다. 몇몇 디자인은 친숙한 동물을 본뜬 것이어서 용의 머리가 코뿔소, 뱀, 도마뱀, 거북 등을 닮았거나 심지어 도베르만 개를 닮은 것도 있었다. 해리 포터가 뽑은 헝가리 혼테일이라는 용은 이름 자체가 특정한 부분을 지칭했다.

용의 이름이기도 한 '혼테일horntail'을 어떻게 표현할 것인가에 대해서는 전갈 같은 꼬리, 긴 가시가 1개인 꼬리, 가시가 여러 줄 박힌 꼬리, 끝에 가시 뭉치가 달린 꼬리 등 여러 가지 아이디어가 나왔다. 최종 선택된 디자인은 뭉툭하고 매처럼 생긴 머리, 거대한 가시가 돋친 날개, 육중한 발톱이 박힌 다리, 그리고 수십 개의 가시가 줄지어 박히고 끝에는 작

그림 1.

그림 1. 헝가리 혼테일 비주얼 개발 작업. 애덤 브록뱅크 작품.
그림 2. 헝가리 혼테일 축소 마케트.
그림 3. 첫 번째 과제를 앞두고 우리에 갇혀 있는 헝가리 혼테일이 창살 사이로 불을 내뿜는 〈해리 포터와 불의 잔〉의 한 장면.
그림 4. 실제 크기로 제작된 헝가리 혼테일의 불을 내뿜는 머리가 특수 제작소 안의 바실리스크 옆에 놓여 있다.

그림 2.

그림 3.

그림 4.

은 가시에 덮인 창 모양의 큰 가시가 있는 꼬리였다.

혼테일의 움직임은 팔콘, 매, 독수리 같은 맹금류를 본떠서 만들었다. 혼테일의 날개는 함께 또는 따로 움직였으며, 혼테일은 호그와트 성의 지붕 위를 '걷거나' 박쥐처럼 날개를 접은 채 거꾸로 매달릴 수도 있었다.

특수 제작 팀은 절반 크기(몸길이 9미터, 날개를 펼친 폭 4미터)의 유리섬유 마케트를 만들어서 사이버스캔했다. 그 후 더 큰 모형을 만들어 달라는 요청이 오자, 제작 팀은 조명 설치와 시선 처리에 도움이 될 실물 크기의 혼테일 머리를 만들었다. 그런 다음 또다시 이 생명체를 실제 크기로 만들어 달라는 요청이 왔다. 해리가 금지된 숲에서 우리에 갇힌 용들을 보는 장면에 사용하기 위해서였다. 결국 제작 팀은 움직이면서 불도 뿜는 무시무시한 용을 만들었다.

우리 안에 갇힌 용을 만들 때는 〈해리 포터와 비밀의 방〉에 나오는 바실리스크의 몸통 일부를 재활용했다. 혼테일이 날개를 퍼덕여 창살을 흔드는 동작은 인형 조종사들이 작업했다. 마지막으로 만든 용은 몸길이가 12미터가 넘고, 어깨 높이는 2.1미터, 날개를 펼친 폭이 21미터였다.

혼테일의 피부는 폴리우레탄으로, 가시는 송진으로 만들었다. 가시는 여섯 가지 종류로 만들었는데, 그중에는 갈라지거나 구부러지고 부러진 것도 많았다. 제작진이 오랜 세월 동안 많은 싸움을 해온 용으로 표현했기 때문이다. 혼테일의 날개는 낡아 보이게 하

고 찢어내어 오랜 세월의 느낌을 더했다. 특수효과 팀은 불을 뿜는 장면에 쓰려고 하나 더 만든 광섬유 머리에 채색을 하고 가시를 부착한 뒤, 불에 타지 않도록 주둥이에 노멕스 섬유를 씌웠다. 용이 뿜는 불은 12미터까지 뻗어 나갔기 때문에, 안전을 위해 컴퓨터로 제어되는 화염 조정 장치를 추가로 설치했다. 강철로 혼테일의 주둥이를 만들었더니 불을 뿜을 때 주둥이가 붉은색으로 번쩍이면서 예상치 못한 효과를 냈다.

그림 1.

그림 2.

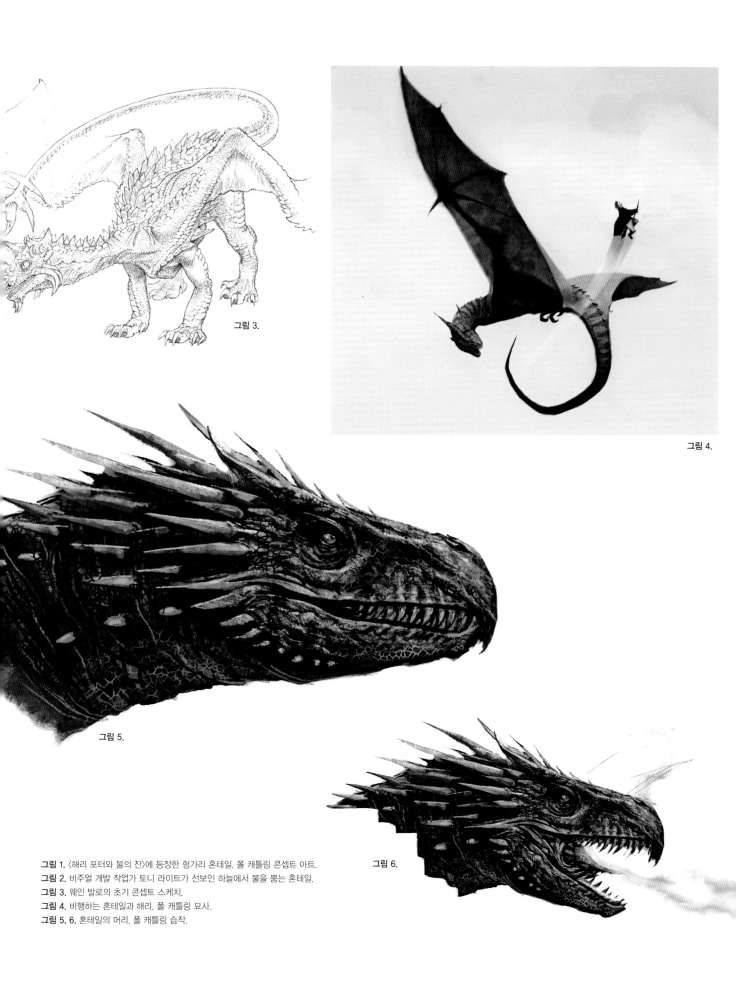

그림 1. 〈해리 포터와 불의 잔〉에 등장한 헝가리 혼테일. 폴 캐틀링 콘셉트 아트.
그림 2. 비주얼 개발 작업가 토니 라이트가 선보인 하늘에서 불을 뿜는 혼테일.
그림 3. 웨인 발로의 초기 콘셉트 스케치.
그림 4. 비행하는 혼테일과 해리. 폴 캐틀링 묘사.
그림 5. 6. 혼테일의 머리. 폴 캐틀링 습작.

그림 1.

그림 4.

그림 2.

"인정해야만 해.
혼테일은 정말 대단한 놈이야."

루비우스 해그리드,
〈해리 포터와 불의 잔〉

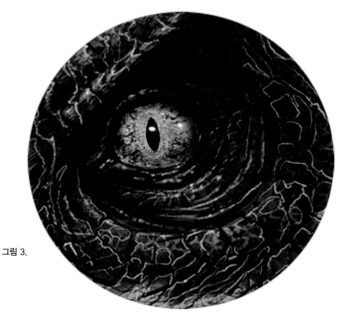

그림 3.

그림 1, 2. 웨인 발로의 초기 연필 습작들.
그림 3. 혼테일의 여러 눈 습작들. 폴 캐틀링 작품.
그림 4. 캐릭터 원형 조각가 케이트 힐이 특수 제작소에
서 〈해리 포터와 불의 잔〉에 쓰일 헝가리 혼테일의 가시
를 다듬고 있다.
그림 5. 폴 캐틀링이 묘사한 혼테일의 매끈하게 다듬어
진 옆모습.
그림 6. 마법사들이 금지된 숲에서 우리에서 꺼낸 혼테
일을 제어하는 장면. 폴 캐틀링 묘사.

간략한 사실들

헝가리 혼테일

✴

1. 영화 속 등장: 〈해리 포터와 불의 잔〉

2. 재등장(모형만): 〈해리 포터와 혼혈 왕자〉

3. 등장 장소: 트라이위저드 대회 경기장(용의 모형은 다이애건
앨리 위즐리 형제의 장난감 가게 앞에서도 등장한다)

4. 기술 노트: 사전에 혼테일의 여러 가지 자세를 컴퓨터로 만들어 두었다. 덕분에
A 자세에서 B 자세로 넘어가는 애니메이션 과정을 더욱 효과적으로 만들 수 있었다.

5. 《해리 포터와 불의 잔》 20장 설명: "……혼테일이 있었다. 날개는
반으로 접혀 있고, 사악하고 노란 눈은 해리에게 고정돼 있었으며, 엄청난
크기의 비늘 달린 검은색 도마뱀처럼 생긴 가시 돋친 꼬리가……"

그림 5.

웨일스 그린

보바통 마법학교의 플뢰르 들라쿠르는 트라이위저드 대회의 첫 번째 과제에서 영국 태생의 용 웨일스 그린을 고른다. 콘셉트 아티스트 폴 캐틀링의 아트워크는 웨일스 그린의 질감과 세부적인 면들을 주의 깊게 탐구한 것이다. 이 용은 대형 스크린에 미니어처 버전으로 등장했다.

그림 1.

그림 2.~4.

웨일스 그린

1. 영화 속 등장: 〈해리 포터와 불의 잔〉
2. 등장 장소: 트라이위지드 대회 경기장
3. 《해리 포터와 불의 잔》 19장 설명: "부드러운 비늘을 가진 초록색 용은 있는 힘껏 몸부림을 치며 발을 쿵쿵 굴렀고……"

그림 5.

그림 1. 날개가 상처투성이인 웨일스 그린. 폴 캐틀링 묘사.
그림 2~4. 얼굴과 질감 습작들. 폴 캐틀링 작품.
그림 5. 플뢰르 들라쿠르 손 위의 웨일스 그린 미니어처. 폴 캐틀링 작품.
그림 6. 웨일스 그린의 날개 습작. 폴 캐틀링 작품.

그림 6.

중국 파이어볼

트라이위저드 대회의 첫 번째 과제 중 두 번째로 용을 뽑은 사람은 덤스트랭 학교의 대표 선수 빅토르 크룸이었다. 빅토르는 중국 파이어볼을 고른다. 콘셉트 아티스트들은 상징적인 용의 모습은 나라마다 다를 수 있다고 생각했고, 그 결과 중국 파이어볼은 도마뱀과 비슷하게 만들어졌다.

그림 1.

그림 1, 2. 중국 파이어볼 채색 습작들. 폴 캐틀링 작품.
그림 3. 해부학적으로 비룡처럼 생긴 중국 파이어볼. 폴 캐틀링 초기 채색 콘셉트.

간략한 사실들

중국 파이어볼

1. 영화 속 등장: 〈해리 포터와 불의 잔〉

2. 등장 장소: 트라이위저드 대회 경기장

3. 《해리 포터와 불의 잔》 19장 설명: "……얼굴 주위에 황금색 돌기가 이상한 술 장식처럼 나 있는 붉은색 용은 버섯 모양 불구름을 공중으로 내뿜고 있었다."

그림 2.

그림 3.

스웨덴 쇼트스나우트

호그와트에서 첫 번째로 선출된 대표 선수 세드릭 디고리는 트라이위저드 대회 첫 번째 과제에서 스웨덴 쇼트스나우트를 뽑는다. 스웨덴 쇼트스나우트의 디자이너들은 폭넓고 다양하게 접근했다. 물론, 이 용의 가장 큰 특징이 '짧은 주둥이short snout'라는 사실은 잊지 않았다.

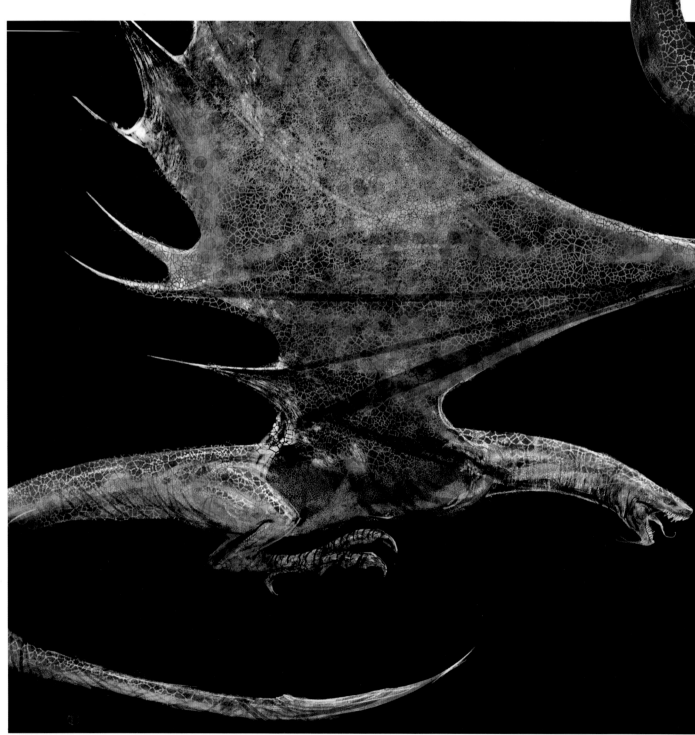

그림 1.

그림 2.

간략한 사실들

스웨덴 쇼트스나우트

✳

1. 영화 속 등장: 〈해리 포터와 불의 잔〉

2. 등장 장소: 트라이위저드 대회 경기장

3. 《해리 포터와 불의 잔》 19장 설명: "길고 뾰족한 뿔이
여러 개 달린 은빛 도는 푸른색 용이……"

그림 1. 비늘이 파란 스웨덴 쇼트스나우트.
그림 2. 머리 모양이 코뿔소와 비슷한 스웨덴 쇼트스나우트.
그림 3. 주둥이와 날개를 연구한 콘셉트 아트.
모두 〈해리 포터와 불의 잔〉을 위한 폴 캐틀링 작품.

그림 3.

우크라이나 아이언벨리

〈해리 포터와 죽음의 성물 2부〉에는 그린고츠 은행의 가장 깊은 곳이 등장한다. 이곳에서 우크라이나 아이언벨리 용은 가장 유서 깊고 부유한 마법사 가문들의 금고를 지킨다. 고블린들은 방치되고 분노한 이 용을 고통을 주며 구속했으므로, 제작진은 이 생명체에게 포로 같은 인상을 덧입혀야 했다. 해리 포터, 헤르미온느 그레인저, 론 위즐리가 레스트레인지 가문의 금고에 접근하려면 그립훅에게 도움을 받고, 아이언벨리를 지나가야 한다. 그런 다음, 이들은 탈출하기 위해서 용을 풀어주고, 용은 자유를 찾아 은행 밖으로 날아오른다.

〈해리 포터와 죽음의 성물 2부〉에 등장한 우크라이나 아이언벨리는 그린고츠 은행 아래 금고들이 보관된 거대한 동굴 같은 공간에 갇혀 사는 존재다. 따라서 쇠사슬에 묶이는 바람에 생긴 녹이 묻은 듯한 상처들이 나 있어야 했다. 아이언벨리는 생명력을 잃어 병약해 보이는 흰색이 되었고, 어둠 속에서만 살아서 눈도 거의 멀었으며, 오랜 세월의 무관심과 학대로 바싹 여위었다. 그 결과 아주 위험해졌고, 영화에 등장한 대부분의 용들과도 매우 다르다.

아이언벨리는 건강을 잃기는 했지만, 연민을 느낄 수 없을 만큼 병들어 보여야 했다. CGI 팀은 정확한 골격에 간단한 근육을 덮는 형태로 작업을 시작했다. 디지털 애니메이션 덕분에 근육이 뒤틀렸다가 부풀거나 꺼지면서 뼈와 근육 사이로 '흘러내리는' 모습을 표현할 수 있었다. 그런 다음 목, 어깨, 엉덩이의 힘줄을 개별적으로 조작해 움직이도록 했으며, 얇은 피부 아래 용의 혈관을 조종하는 장치를 추가했다. 용의 목 아래 늘어진 피부를 '흔드는' 장치도 있었다.

〈해리 포터와 불의 잔〉에 등장하는 헝가리 혼테일과는 달리, 특수 제작소는 우크라이나 아이언벨리의 실물 크기 모형을 만들지 않았다. 하지만 이 용에도 사람들이 올라타야 했기 때문에, 3.6미터의 몸통 부분만 실물 크기로 만들어서 실리콘 가죽으로 덮었다. 그런 다음 이 몸통을 모션 장치 위에 올렸다. 모션 장치는 은행 밖으로 날아가는 디지털 용과 똑같이 움직이도록 프로그래밍했다. 이 몸통 부분은 완벽하게 관절 구조를 갖추고 있어서 용이 날개를 퍼덕일 때마다 어깨도 따라 움직였다.

그림 1.

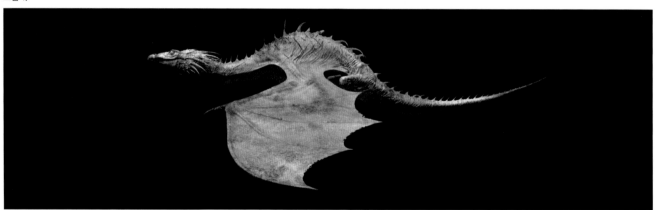

그림 2.

그림 3.

그림 4.

간략한 사실들

우크라이나 아이언벨리

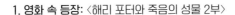

1. **영화 속 등장:** 〈해리 포터와 죽음의 성물 2부〉

2. **등장 장소:** 그린고츠 마법사 은행

3. **디자인 노트:** 애니메이터들은 용의 피부를 푸른 기 없는 창백한 회백색으로 만들었다.

4. **《해리 포터와 죽음의 성물》 26장 설명:** "해리는 그 용이 부들부들 떠는 것을 보았다. 가까이 다가가자 녀석의 얼굴 가득 나 있는 잔혹한 칼자국들이 눈에 들어왔다."

"좋아 보이지 않는걸."

론 위즐리,
〈해리 포터와 죽음의 성물 2부〉

그림 1. 아이언벨리의 색깔과 주름 습작. 폴 캐틀링 작품.
그림 2. 두 발을 벌리고 아이언벨리에 올라탄 실루엣 형체들. 폴 캐틀링 작품.
그림 3. 아이언벨리 머리 습작. 폴 캐틀링 작품.
그림 4. 해리 포터와 죽음의 성물 2부〉에서 우크라이나 아이언벨리는 헤르미온느, 해리, 론을 태우고 그린고츠에서 탈출한다. 콘셉트 아티스트 앤드루 윌리엄슨 채색.

해리 포터 필름 볼트 Vol. 1
: 숲속, 호수, 하늘 위의 마법 생명체

초판 1쇄 인쇄 2021년 10월 20일
초판 1쇄 발행 2021년 12월 29일

지은이 | 조디 리벤슨
옮긴이 | 고정아, 강동혁
발행인 | 강봉자, 김은경

펴낸곳 | (주)문학수첩
주소 | 경기도 파주시 회동길 503-1(문발동 633-4) 출판문화단지
전화 | 031-955-9088(마케팅부), 9532(편집부)
팩스 | 031-955-9066
등록 | 1991년 11월 27일 제16-482호

홈페이지 | www.moonhak.co.kr
블로그 | blog.naver.com/moonhak91
이메일 | moonhak@moonhak.co.kr

ISBN 978-89-8392-870-2 04840
      978-89-8392-869-6(세트)

* 고유명사 등의 용어는《해리 포터》20주년 새 번역본을 따랐습니다.
* 파본은 구매처에서 바꾸어 드립니다.